THE DEMONS OF DRAIOCHT

THE DEMONS OF DRAIOCHT

NEMAIN'S REVENGE
BOOK THREE

MCKENZIE A HATTON

VectorStock®
VectorStock.com/24912586

Bill Hankins

VectorStock®
VectorStock.com/24912586

VectorStock®
VectorStock.com/24912586

VectorStock®
VectorStock.com/24912586

VectorStock®
VectorStock.com/24912586

VectorStock®
VectorStock.com/24912586

Bill Hankins

VectorStock®
VectorStock.com/24912586

VectorStock®
VectorStock.com/24912586

VectorStock®
VectorStock.com/24912586

VectorStock®
VectorStock.com/24912586

VectorStock®
VectorStock.com/24912586

VectorStock®
VectorStock.com/24912586

Bill Hankins

Bill Hankins

Bill Hankins

Bill Hankins

Bill Hankins

Bill Hankins

Bill Hankins

Bill Hankins

Bill Hankins

Bill Hankins

VectorStock®
VectorStock.com/24912586

VectorStock®
VectorStock.com/24912586

VectorStock®
VectorStock.com/24912586

VectorStock®
VectorStock.com/24912586

Bill Hankins

VectorStock®
VectorStock.com/24912586

VectorStock®
VectorStock.com/24912586

Bill Hankins

VectorStock®
VectorStock.com/24912586

VectorStock®
VectorStock.com/24912586

VectorStock®
VectorStock.com/24912586

VectorStock®
VectorStock.com/24912586

VectorStock®
VectorStock.com/24912586

VectorStock®
VectorStock.com/24912586

VectorStock®
VectorStock.com/24912586

VectorStock®
VectorStock.com/24912586

VectorStock®
VectorStock.com/24912586

VectorStock®
VectorStock.com/24912586

Bill Hankins

VectorStock®
VectorStock.com/24912586

VectorStock®
VectorStock.com/24912586

VectorStock®
VectorStock.com/24912586

Bill Hankins

VectorStock®
VectorStock.com/24912586

Bill Hankins

VectorStock®
VectorStock.com/24912586

VectorStock®
VectorStock.com/24912586

Bill Hankins

VectorStock®
VectorStock.com/24912586

VectorStock®
VectorStock.com/24912586

VectorStock®
VectorStock.com/24912586

VectorStock®
VectorStock.com/24912586

Bill Hankins

VectorStock®
VectorStock.com/24912586

VectorStock®
VectorStock.com/24912586

VectorStock®
VectorStock.com/24912586

VectorStock®
VectorStock.com/24912586

VectorStock®
VectorStock.com/24912586

VectorStock®
VectorStock.com/24912586

VectorStock®
VectorStock.com/24912586

Bill Hankins

VectorStock®
VectorStock.com/24912586

VectorStock®
VectorStock.com/24912586

VectorStock®
VectorStock.com/24912586

VectorStock®
VectorStock.com/24912586

Bill Hankins

VectorStock®
VectorStock.com/24912586

VectorStock®
VectorStock.com/24912586

VectorStock®
VectorStock.com/24912586

VectorStock®
VectorStock.com/24912586

VectorStock®
VectorStock.com/24912586

VectorStock®
VectorStock.com/24912586

Bill Hankins

Bill Hankins

VectorStock®
VectorStock.com/24912586

VectorStock®
VectorStock.com/24912586

VectorStock®
VectorStock.com/24912586

Bill Hankins

VectorStock®
VectorStock.com/24912586

VectorStock®
VectorStock.com/24912586

VectorStock®
VectorStock.com/24912586

VectorStock®
VectorStock.com/24912586

Bill Hankins

VectorStock®
VectorStock.com/24912586

VectorStock®
VectorStock.com/24912586